KB083179

마치 당신과 있는
것처럼, 그렇게

소금북 시인선 · 15
마치 당신과 있는 것처럼, 그렇게

초판 1쇄 인쇄 2023년 09월 11일
초판 1쇄 발행 2023년 09월 15일
지은이 | 표현시동인회
펴낸이 | 박옥실
디자인 | 유재미 정지은

펴낸 곳 | 소금북
등록 | 2015년 03월 23일 제447호
발행 | 강원도 춘천시 행촌로 11, 109-503 (우24454)
편집 | 서울시 중구 퇴계로50길 43-7 (우04618)
전자주소 | sogeumbook@hanmail.net
구입문의 | ☎ (070)7535-5084, 010-9263-5084

ISBN 979-11-91210-17-0 03810

값 12,000원

춘천문화재단

· 이 시집은 춘천시 춘천문화재단 후원으로 발간되었습니다.

소금북 시인선 · 15

마치 당신과 있는 것처럼, 그렇게

표현시동인회
제30집

소금북
sogeumbook

| 2023 表現 동인지를 발간하며 |

오늘을 사는 우리는 너 나 없이 어려운 시절을 견디며 건너고 있는 중이다. 2023년은 '표현' 동인에 많은 일이 있었다. 동인 창립 맴버인 윤용선 시인께서 고인이 되셨고 전에 회원이었던 몇몇 분은 병중에 계시다. 참으로 많은 세월이 흘렀다. 이럴 땐 세월의 반대쪽으로 기를 쓰며 생의 신호를 보내고 싶다.

어떤 시인은 "시인은 바람이다"라고 했다. "세상을 진동하는 잔잔한 바람" 이렇게 세상을 진동하기 위해 쉼 없이 세상을 흔들고 자신을 흔들고 또 자신의 곁을 흔들며 살아있는 동안만이라도 깨어 있으려 우리는 안간힘을 쓴다.

발터 벤야민이 파스칼의 진술을 빌려 이야기한 "어느 누구도 아무것도 남기지 못할 만큼 빈곤하게 죽지는 않는다"는 말을 시인의 가슴에 놓아 본다. 우리가 빈곤하게 사라지지 않으려면 얼마나 치열해져야 하는가! 모든 인간은 무엇인가를 "잔존"시키고 사라지겠지만 시인은 "더 크고 더 선명한 잔존"을 세상에 던져야 하지 않겠는가? 갈수록 시인에게 숙제가 밀리고 또 쌓인다.

즐겁게 숙제하는 기분으로 2023년 표현 동인지를 낼 수 있어 다행이고 또한 기쁜 마음 금할 수 없다. 회원 모든 분께서 원고를 보내주시고 서로가 서로를 다독이고 격려한 덕분이다.

회원 여러분께 감사의 말씀을 올리며 회원들의 건필과 안녕을 기원한다.

표현동인 회장 김창균

| 차례 |

제1부 ‖ 윤용선 추모 시 특집

제2부 ‖ 동인조명

| 김남극 시인 |

| 홍재현 시인 |

제3부 ‖ 포구 테마 詩

제4부 ‖ 동인 신작시

제1부

윤용선 추모시 특집

[추모 시]

김남극 김순실 김창균 박해림
이화주 임동윤 정주연 한기옥
허　림 황미라

김
남
극

은은하고 맑은 향기 같아서

선생님 정년 퇴임 기념 문집에 글을 한 편 쓰고는
댁으로 가 융숭한 대접을 받던 날이었다

옆방으로 나를 은밀하게 부르시더니
글씨를 한 점 골라 주셨다

쇠귀 선생님이 쓴 단정한 글귀
'향원익청香遠益淸'

그 글씨는 쇠귀 선생님보다 윤 선생님을 닮아
오랜 시간 내 방에서 그 향기를 뿜고 있다

사람의 향기는 약하고 짧기도 하고
강하고 길기도 한 법인데

은은한 향기가 오래 가는 걸 뭐라 해야 할지
고민 고민하면서 보낸 시간들

갈수록 더 은은하고 맑은 향기 속에서
오래 새벽을 맞이할 일이다

김순실

사람이 그리울 때가 있다

— 윤용선 선생님을 그리며

선생님의 시집을 펼칩니다
<시인의 말>에서 선생님은
한 백 년쯤 꼿꼿하게 자라
기품있는 태를 지닌 소나무가 그립다고 하셨지요
늘 이웃을 돌보시던 선생님은
바로 그런 소나무셨어요

무려 100여 명 이름이 등장하는 특별한 시집
한 사람 한 사람에 대한 관심,
세심한 관찰력이라니요
아무나 접근할 수 없는 경지였지요
선생님의 인간적인 면모가 느껴지는

제 이름도 다정하게 불러주셨지요
제 시집에 대한 격려의 말씀 얼마나 따뜻하던지요
깊이 잊지않고 있습니다

이제 해 맞는 숲에서
새벽의 날개가 되신 선생님

저희들 하나 하나 내려다보고 계시겠지요
가끔 혀를 끌끌 차기도 하실라나요
온 몸으로, 시를 통해
사는 법을 일러주시듯이

선생님이 그리울 때가 있습니다

김창균

하구

저 빛나는 망설임
여기까지 오려고 심장은 내내 뛰었고
뒤돌아보지 않는 냉혹함 만이
여기에 닿는다
사랑이여
잠깐 돌아보면 모든 것이
물이랑 건너는 소리를 내는
내 몸에 돋는 소름이여.

박해림

오늘도 꽃들은

선생님, 앉았던 자리 노란 꽃이 핍니다

선생님, 앉았던 자리 분홍 꽃이 핍니다.

선생님, 앉았던 자리 보라 꽃이 핍니다

오늘도
세상의 꽃들은 지천으로 피었습니다

흐드러지게 피었더랬습니다

이화주

윤용선 시인님 가슴속에는

윤용선 시인님 가슴 속에는
물레를 돌리는 할머니가 사나?

누구를 만나도
빙그레 웃으며
언어의 물레를 돌리는 할머니

돌돌 도르르르 돌돌 도르르르
시냇물 흐르듯
멈추지 않고 풀려나오는 언어의 무명실

서울까지
아니 부산까지
아니, 아니 지구 반대편까지
아니, 아니, 아니 먼 우주까지 가고도 남을 언어의 실꾸리

별들이 숨겨져 있는
그 언어의 무명실로
옷 한 벌씩 지어 입는다.

따뜻하다.
시인님이 떠나신 지금도…

윤용선 추모시 특집

임동윤

영원한 동행

당신 없이도 이팝나무는 꽃을 매달았습니다
몇 개의 천둥 번개와 바람이 지나가자
남춘천역 산딸나무도 머리 하얗게 물들였습니다

이 여름 새벽, 까마귀 울음소리를 듣습니다
당신 시집, 『딱딱해지는 살』을 다시 읽습니다
약력 위에서 당신은 여전히 웃고 있습니다
「하얀마을」 옥돔구이를 먹을 때처럼
원산지 표시 선명한 두부전골을 먹는 때처럼

꿈속에서도 춘천문화원으로, 한숲시티로
당신 찾아가지만 내가 찾는 당신은 없습니다
고성횟집에서 물회도 한 접시 즐기고
평양면옥에서 냉면만 한 그릇 축낼 뿐입니다

그러나, 당신 없이도
이 여름 못 먹는 술을 마셔봅니다
마치 당신과 있는 것처럼, 그렇게

키가 큰 시인

정주연

그 사람의 키가 얼마나 되는지는
알 수 없지만
내 마음의 영상에 비친 그분은
비교적 키가 큰 사람
시를 쓰는 교육자

몇 년 전엔 '내가 만난 500인인지
지인들의 인상을 시로 쓰시더니
생전 마지막 호인지 29회 동인 문집에선
"그날그날의 자화상"을 시로 쓰셨다
먼저 남을 보고 나를 보고 세상을 보신
큰 키만큼 그 사랑도 깊고 크셨으려나요

"늘 부끄럽지 않아야 할 텐데…"
"참으로 누린다는 것은, 땀과 함께 하는 일인데
모두들 그건 건성으로 여기는가 봅니다"라고
천명을 예감하신 듯한 시 귀가
생각 안에 떠 오릅니다

고 윤용선 시우님

다시 천상영복을 두 손 모읍니다.

윤용선 추모시 특집

한기옥

해마다 봄꽃들 편에

할아버지, 할아버지…
아이들 웃음소리, 쿵쿵 소리
배경음악처럼 들리는 방에서
뭔 말을 하려다
그냥저냥 지내요
서둘러 마무리하고 전화 끊던 선생님
손주들을 신나게 하는 할아버지라니
이보다 더한 삶 어딨겠어요?
내 맘 전해드리지 못했다

좋은 분이지요…
약속이라도 한 듯 다른 말 더 보태지 않던
지인들 말씀도
전하지 못하게 됐다

이 별에서 머문 시간 어떠셨냐 물으면
1969년에 표현시를 시작했어요
50년 넘게 시 쓰다 가는 생이었으니 됐지요
천천히 말하고 웃어 보이셨을 거 같은 선생님

해마다 봄꽃들 편에
선생 안부 들으며
뭉근히

아프리라

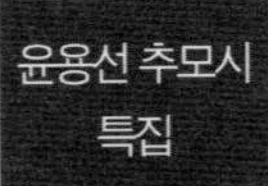

허 림

그리운 것들만 깃들게 하고

— 윤용선 선생님을 추모하며

라면을 끓여 제누리를 먹으려는데
전화가 왔더랬어요

잘 있지?
네.
시집 잘 받았다. 해외연수 나가는데 넣어가지고 갔다 몇 번이고 읽었다
역시 집에는 사람이 살아야지
누구나 집을 떠나면 집이 그리운 것처럼
집이란 사람 냄새 그리운 것들만 깃드는가 보더라
언제 넘어와 점심이나 하자
약속했는데요

내게는 아직
나누지 못한 점심 한상이
봄날 구름으로 떠돌고 있다

배음을 아시나요

황미라

문상 갔다 오는 길은 쓸쓸하다

생의 잔잔한 여음까지 사라진 봄날

그분은 이제 숨표도 연주하지 못하겠다 싶어, 허전한데

여름 내내

기타 조율기에 깜빡깜빡 표시되는 배음

가령 C음을 건드리면 먼 G음이 뜨는

한 음이 울릴 때마다 함께 울리는

귀에 닿지 않는 깊고 깊은 숨은 소리가 있다

꽃으로 바람으로, 초저녁 별로 오는,

세상의 저편 배음 같은 사람들

누구든지 아주 사라지는 것은 아니다

제2부

동인 조명 ①

김남극

• 강원 봉평 출생. 《유심》 신인문학상 수상. 시집으로 〈하룻밤 돌배나무 아래서 잤다〉 〈너무 멀리 왔다〉 〈이별은 그늘처럼〉이 있다.

• 신작 시 | 사과 한 알 외 4편

• 자선 대표시 | 산협 외 4편

• 시인의 말

동인조명 | 김남극

사과 한 알 외 4편

얼룩이 온몸인 사과를 하나 차에 두고는
한동안 그 향으로 세상의 냄새를 덮고는 했다

어느 날 차를 탔는데 막걸리 냄새가 났다
사과는 차 속에서 발효되어 사과 이상이 된 것이다

한잠 자고 나면 신선이 된다는 우화(羽化)를 꿈꾸는 날이 많아지는 요즘 나처럼

몇 구비의 시간을 돌고 걸어 나가면
내가 발효되어 그 무엇이 되면 좋겠다는

사과를 창밖으로 버렸지만 그 발효된 향은
여러 날 남아 우화를 돕는다

우화한다면 나는 또 무엇이 될 수 있을까

절집 아래에서

1년 만에 다시 찾은 절집 아래 민박집에서
뒤척이다 빗소리에 깼다
새벽빛이 조금 드리우는 큰 방엔
구석마다 회한이 작은 짐승처럼
웅크리고 있다

이 절집에 오면 새벽부터 비가 내린다
빗속에서도 새는 누군가를 걱정하는지 울고
나도 먼 도시에서 가파르게 하루를 지낼
두 아이를 생각하는데

비는 내리다 긋고 또 내린다
빗소리가 삼키는 새벽 절집 처마 선을 따라
법당에 들어 절을 하다가
다 부질없는 일이라고
절도 다 못하고 일어나 돌아와
가방을 싼다

여기로 오질 말았어야 했다
내 발길이 닿는 곳은 모두 어둠이니

나는 다시 저 봉평 마가리로 돌아가야 한다

빗줄기가 강해진다

시간을 빚는다면

시간이 밀가루 반죽 같다면
나는 삼월을 빚을 것이다

구월은 빚지 않을 것이고
십일월은 영원히 빚지 못할 것이다

유월은 좀 생각해 볼 것이다
산목련이 마당 가에 피는 때이지만

슬픔을 조금 섞어 넣은 후
부풀어 오르면

매화가 필 때쯤 빵을 구워
새들과 나누어 먹을 것이다

낙동강을 따라 봉화에 이르다

병산서원에서 하회에서 또는 도산서원과 이육사문학관에서 본 낙동강은
머뭇거리고 고집스럽고 또 구태의연한 어떤 회한 같은 것인데

봉화로 가는 길을 따라나선 낙동강은
내게 말을 건네고 응원도 하는 어떤 도반 같은 것이어서

강이 개울이 되고 도랑이 되다 산 속으로 숨으면
숲속에서 내게 말을 거는 나무들
회한이나 슬픔이나 비애는 다 하구로 떠내려가는 게 시간이라고

그 많은 시간을 지나 여기에 와 있는 거라고
산 능선과 물길은 무슨 말을 건네는 듯도 하여

봉화에 이르는 길은 멀고 또 머네

울음

참개구리 울음은 참된 듯하고
비단개구리 울음은 음모가 가득 찬 듯하여

울음의 색은 표정이나 눈물이나 마음을 닮은 듯하여

내 울음을 들은 적 없어서
울어보려 했으나

울음도 아무나 우는 게 아닌 듯하여

한밤 마당 가에 나가 온갖 울음을
들어보기로 한다

달이나 별, 나무의 울음도 들어보기로 한다

산협 외 4편

지게를 진 아저씨가 오토바이를 타고 담배를 물고 뽀로롱 마가리로 사라진다
오토바이를 타고 피울 수 있는 담배는 장미밖에 없다

챙이 넓은 모자에 수건을 동치고 세레스 적재함에 올라앉은 아주머니가 뭘 오물거리며 실려간다
세레스 적재함에서 먹을 수 있는 건 찰강냉이밖에 없다

JD트랙터 해가림 천막 속에서 버클리대 모자를 쓴 친구가 밭가에 트랙터를 세우고 커피를 마신다
밭가에서 마실 수 있는 건 정다방에서 배달된 커피밖에 없다

친구 몇이 솔모종거리에 모여 장미 담배를 물고 찰강냉이를 물어뜯으며 정다방 정양을 기다린다

첫사랑은 곤드레 같은 것이어서

내게 첫사랑은
밥 속에 섞인 곤드레 같은 것이어서
데쳐져 한 계절 냉동실에서 묵었고
연초록색 다 빠지고
취나물인지 막나물인지 분간이 안 가는
곤드레 같은 것인데

첫사랑 여자네 옆 곤드레 밥집 뒷방에 앉아
나물 드문드문 섞인 밥에 막장을 비벼 먹으면서
첫사랑 여자네 어머니가 사는 집 마당을 넘겨보다가

한때 첫사랑은 곤드레 같은 것이어서
햇살도 한 평밖에 몸 닿지 못하는 참나무숲
새끼손가락만한 연초록 대궁에
솜털이 보송보송한, 까실까실한,
속은 비어 꺾으면 툭 하는 소리가
허튼 약속처럼 들리는
곤드레 같은 것인데

종아리가 희고 실했던

가슴이 크고 눈이 깊던 첫사랑 그 여자 얼굴을
사발에 비벼
목구멍에 밀어넣으면서
허기를 쫓으면서

발

링거에 섞인 몰핀의 양으로
남은 시간을 아는 아버지
표백제 냄새만 남은 이불 밑으로
발이 쑥 나왔다
만져본다
싸늘하다
탱탱하게 부었다
엄지로 꾹 눌러본다
자국이 낙인으로 남았다

누구나 걸어다녔던 시절을 살아왔다 구절리에서 여량까지 늑골까지 차는 눈을 차며 걷기도 했고 수하에서 왕산 대기리까지 철쭉꽃 빛깔로 따라오는 처자를 데리고 걷기도 했고 번천에서 하장까지 조팝나무꽃 진 길로 땡볕에 밥이 그리운 처자식을 데리고 걷기도 했고 진부에서 나전까지 벼랑에 단풍처럼 꿈적거리고 타오르는 것들 달래고 쥐어박으며 동면을 준비하러 걷기도 했다

길의 흔적은 발바닥 두께로만 남아
목욕물에 불어 편마암처럼 일어나던 뒤꿈치가

조용하다
맬갛다
핏줄도 사그라들었다

세 달 땅을 떠난 발
하늘을 쳐다보며
하늘로 가기 전 쌓인 것 모두 돌려주려는지
뒤꿈치가 팽팽하다

힘을 주어 주무른다
탱탱하다
젊은 날 꿈처럼 탱탱해져 저 혼자
산골 집으로 돌아갈 꿈을 꾸고 있다

돌배 씨

돌배는 딱 깨물어 씨방을 갈랐을 때 씨가 까맣게 두 눈을 동그랗게 뜨고 세상을 내다보면 다 익은 것이다

그러니까 검은 눈동자가 늘 문제다

유년기를 갓 벗어난 어느 날 개울을 건너다 본 그 허벅지가 유난히 흰 그 계집애의 눈동자가 별나게 검었다

최루탄 속에서 돌아갈 길이 아득한 눈물 속으로 내 손을 끌어주던 그 여자의 눈동자도 별나게 검은 빛이었다

지금 내 옆에 반듯하게 조용히 잠든 아내가 하늘거리는 짧은 치마 속으로 내 마음을 끌고 들어갔을 때 어둠 속에서 본 그 유난히 검은 눈동자

검은 빛은 완숙의 경지고 매혹의 경지고 그래서 그 속에 들면 자발적 수형자가 될 수밖에 없다

하늘 가득 매달린 돌배들이 어설픈 푸른빛 얼굴로 나를 내려다본다

돌배를 하나 따서 딱 깨물어 본다

씨가 검다
물기가 남았다

씨는 씨방 속에서 참 많이 울었나보다

울음 속으로 들어가 본다

나는 이 마가리를 떠날 수 없다

소낙비와 사과꽃과 옥수수 대궁

수런거린다
비는 파산처럼 오다가
쉰다
사과꽃이 낭자하다
비는 다시 폭격처럼 내리다가
뻐꾸기 울음처럼 쉰다
몸을 웅크리고 앉아
근엄하고도 근엄해
세상 힐난 쯤 감수하겠다는
옥수수 대궁을 보는데
비는 긋는다
빗금이 지우는 풍경 속으로
봄빛이 말라 간다

시에 대한 몇 가지 잡념

세상은 내 마음같이 굴러가지는 않는다. 꽤 오래전 알았으나 여전히 억울하고 화가 난다. 적어도 내가 원하는 세상 비슷하게라도 변해갈 줄 알았는데, 그렇지 않다. 그러니 난 여전히 꿈을 꾸고, 싸우고, 투덜댄다. 삐딱하게 세상을 보면서 사는 이 괴로움이자 즐거움을 어찌 하랴.

나는 얼떨결에 문학에 재능이 있다고 착각하고 살았다. 백일장에 처음 나갔던 중학교 3학년 때. 말도 안 되는 글로 상을 받으면서 나는 나를 오판했다. 그리고 맞지도 않는 옷을 입은 듯 시인이란 이름을 달고 살았다. 지금도 나는 시인이란 옷이 어색하고 불편하고 낯설다. 운명처럼 시인이 됐다는 사람들을 보면 부럽기도 하고 이해가 안 되기도 한다.

직장을 30년 넘게 다녔다. 돈을 벌어 가족을 먹여 살렸으니 직장은 내게 하느님이었다. 그 직장이 이젠 형벌처럼 다가온다. 자

퇴를 앞둔 심정으로 출근하고 퇴근한다. 더 죄를 짓지 말자는 생각도 하면서 퇴직을 고민한다.

나무는 요즘 내게 종교다. 누가 들으면 참 늦었다고 하겠지만, 내 옆에는 늘 나무가 있어 종교라는 생각을 못하고 살았다. 최근 어느 식물 분류 학자를 만나 인터뷰를 하면서 확인한 바에 따르면 유년기, 아동기 나무에 대한 경험이 평생을 좌우하는 것인데, 내 유년기도 나무와 풀이 전부였다는 생각에 다다랐다. 그러니까 나무가 종교가 된 것은 오랜 내력이 있다는 것이다. 어느 날 갑자기 나무가 종교가 된 것은 아니라는 말이다.

봄에는 산으로 나물을 뜯으러 가거나 두릅을 따러, 고사리를 꺾으러 다니는 일. 여름에는 깔딱메기를 낚으러 산속으로 불빛에 의지해 계곡을 헤치는 일. 가을이면 서리에 쪼그라든 오미자를 따거나 더덕이나 눈 먼 삼을 캐러 먼 산으로 돌아다니는 일. 겨울이면 꽝꽝 언 계곡 얼음이 만든 얼음 기둥을 보러 산으로 가는 일. 이 친숙한 것들과 만나는 일을 기약하면서 시간을 보낸다.

젊어 시를 쓸 때 나름 목표를 세운 게 있었다. 시집 세 권만 내자고. 세 번째 시집 마무리 교정을 본다. 발문이 시보다 좋아 보이기도 하고, 표사가 내 자서(自序)보다 더 시적이다. 늘 그렇듯 망했다는 느낌이다. 이제 세 권을 내니, 절필할 타이밍이다. 이《표현시》사회집이 내가 시를 활자화하는 마지막이 되길 빌

어본다.

어제는 반딧불이를 보고 왔다. 짝을 찾아 어둠 속에서 최선을 다하는 그 자세를 배워야 한다고 생각하다가, 이제 배워 뭐 하냐 생각하다가, 그래도 남은 삶을 경건하게 맞아야 한다고 생각한다. 반딧불이는 보름 간 최선을 다하는데, 나는 아직도 남은 시간이 꽤나 많다.

윤용선 선생님, 허문영 선생님이 떠나가셨다. 아쉽고 또 아쉽다. 조만간 또 누군가 이별을 고할 것이다. 죽음으로 이별하는 일은 여러 번 겪어도 익숙해지지 않는다. 아니 익숙해지는 게 오히려 이상할 것이다. 시인은 떠나고 시는 남는다. 내가 떠나고 내 시는 남을 것인데, 돌아보니 부끄러운 일이다.

여름이 한창인 아침, 교무실에서 끄적인다. (2023.6.30)

제2부

동인 조명 ②

홍재현

• 서울 출생. 2020년 《시와소금》 신인상 동시 등단. 동시집 〈달팽이 사진관〉 〈동동동 동시안녕(공저)〉가 있음. 강원아동문학회, 한국동시문학회, 동시놀이터 동인.

동인조명 | 홍재현

지구가 무거워진 날 외 4편

함박눈 내린 날
눈사람 인구 대 폭발

하수구 민들레

"면회요!"

철창 밖으로 삐쭉
민들레가 고개를 내밉니다

"어쩌다 어린 나이에 철창 안에 갇혔니?"

날았어요
바람이 불었거든요
그랬더니 나한테 이름을 지어주데요
비행 청소년이라고

"저런…."

더 웃긴 게 뭔 줄 알아요?
인제 와서 나보고
희망이래요
철창 안에서도 꽃을 피웠다고

"앞으로 어쩔 거니?"

날아야죠
바람이 부니까

그런 날

엄마
오늘 학교에서
리코더 필요했는데
안 가져갔어

“그래서 혼났어?”

그냥 연필로
리코더처럼 불었어

“그럼 됐네.”

그런데
연필심 입에 물고 불다가
혓바닥이 까매져서
친구들이 놀렸어

“그래서 싸웠어?”

그냥 참았어

있잖아, 엄마

"왜? 그럼 됐잖아.
왜 자꾸 전화해?"

오늘은 그런 날이었어

"재수 없는 날? 속상한 날?"

아니
안기고 싶은 날

눈이 와

창밖에 눈이 와
내 짝 같은 눈이 와

사실은 밤새 눈이 왔어
창밖에서 소리도 내지 못하고 나를 기다렸어

그 애도 내 주변을 빙빙 돌았어
말 한마디 없이 눈처럼 조용하게

눈이 와
내 마음에 한가득 눈이 와

그 애를 부르고 싶은
눈이 와

올바른 지우개 사용법

가장 친한 친구부터 지운다

친구랑 싸우고 울고 있는 동생을 지우고
가족과의 단란한 외식도 지웠다

티비에서 나오는 심각한 뉴스를 지우고
마지막 엔딩만 남겨둔 게임도 지웠다

시험이란 지우개로
박박
다 문질러 지운다

달팽이 사진관 외 4편

문방구 옆 달팽이 사진관이 문을 닫았다

처음부터 사진관에는 어울리지 않는 이름이라고 했다
찰칵 순간을 빠르게 찍어야 하는데 달팽이라니
찰칵 찍어서 빨리빨리 뽑아줘야 하는데 달팽이라니

수군수군 댔을 것이다
손님이 없는 시간에 졸고 있는 달팽이를 보고
쯧쯧 혀를 찼을 것이다

그러거나 말거나 달팽이는 끊임없이 기었다
달팽이 사진관이 문을 닫았다
달팽이는 마침내 결승점을 통과했다

내가 다 봤다

내가 구멍이라고

자려고
불 끄고 누웠는데
갑자기 분하다

축구만 하면
친구들의 원망을 듣는다
내가 구멍이란
나 때문에 맨날 진단다
씨이……

자려고
울면서 누웠는데
갑자기 방문이 열린다

술만 마시면
아빠는 나를 꼭 껴안으신다
내가 숨구멍이란다
나 때문에 살맛 난단다
씨익……

얼굴 우표

온라인 수업을 하는 컴퓨터 화면에
우리 반 친구들 얼굴이
다닥다닥 우표처럼 붙어 있다

홍진 : 현수 : 시원 : 시우 : 민재
채은 : 승준 : 홍율 : 슬찬 : 규현

친구 얼굴 우표 한 칸 뜯어서
연습장에 슥슥 쓴 편지에 붙여서
보내고 싶다

별말 없다
십 초 만에 다 썼다
보고 싶다
같이 놀자

매미

맴맴맴맴 매애애애애앰
윔윔윔 위이이임 위이이이이이이이임
민민민민민민 미이이이이인

매미
위미
미미

매미가 친구들을 데리고 와서 논다
그래서 시끄럽다
원래 조용히는 못 노는 거니까

위대한 자석

텅 빈 운동장 한가운데를
걸어갑니다
혼자서 걸어갑니다

오늘은 내가 자석이 되어보겠습니다

여기저기 흩어져
먼지로 오해받던 철가루 같은 친구들을
끌어모아 보겠습니다

“잡기 놀이할 사람 여기 붙어라!”

아이를 보니 세상 못난 구석들도 이뻐 보입니다

누군가가 나를 "홍시인" 하고 부르면 나는 무심결에 뒤를 돌아보거나, 홍시처럼 붉어진 얼굴로 발밑 쥐구멍을 찾고 있을지 모른다. 살면서 수많은 이름으로 불려보았지만, 가장 어색한 호칭이 "엄마"이고 그다음으로 시인이다. 날 보고 시인이라니…. 내가 시인이라고?

그야말로 우연히 되었다. 우연히 엄마가 되었고 우연히 시인이, 그것도 동시를 쓰는 시인이 되었다. 세상 마음대로 되는 일 하나 없다고 생각했을 때, 생각지도 않은 타이틀을 두 개나 얻었다. 우연이긴 했지만, 만약 엄마가 되지 않았다면 나는 단연코 시인이 되지 못했을 것이다. 시 같은 것을(?) 쓰지 않았을 것이다.

작가나 시인이 되고 싶다는 꿈을 꿔본 적이 없다. 글을 곧잘

쓴다는 말을 듣기는 했지만, 대개는 독후감이나 보도자료, 혹은 논문처럼 감정이 배제된 딱딱한 글쓰기 부분에서 칭찬을 받았다. 평범한 보통 가정에서 충분한 사랑을 받고 자랐음에도 이상하게 나는 좀 삐딱한 아이였다. 남들이 예쁘다고 하는 것들을 보면 괜스레 '저게 이쁘다고? 유치하게' 라고 입을 삐죽거렸다. 이쁜 것, 아름다운 것, 순수한 것들을 곧이곧대로 받아들이는 게 지는 것처럼 느껴졌다. 대신 못난 것, 버려진 것, 삐뚤어진 것, 어두운 것들에 마음이 끌렸다.

"짠! 아이가 태어났습니다. 이 작디작은 손발을 보세요! 너무 이쁘죠! 세상 이렇게 순수하고 아름다운 것을 본 적이 있나요? 그야말로 아름다움과 순결함, 순수함 그 자체이죠! 노래가 절로 나옵니다! 찬양하세요! 시가 저절로 써지겠네요!"

천만의 말씀이었다. 아이는 어쩜 그렇게 인간적이고 현실적이고 나 같은지. 환하게 웃는 아이를 보며 미소 짓는 순간은 다 긁어모아도 하루 24시간 중 채 5분이 되지 않았다. 태어나 처음으로 그런 육체적 감정적 중노동을 해보았다. 나를 잃어버리는 노동, 나를 지워야 성과가 보이는 노동. 무럭무럭 나를 갉아먹고 자라는 아이의 크기만큼 나는 지워졌다. 그렇게 오래된 내가 지워지고 나니, 세상에. 아이의 못난 구석이 이뻐 보이고, 다른 아이들이 보이고, 그 옆의 엄마가 보이고, 세상이 보였다. 못났다고 삐딱하게만 보던 세상이 이쁘게 보였다.

마치 심 봉사가 눈을 뜬 것처럼! 그렇게 세상의 이쁨에 개안을 하게 된 것은 물론 아니었다. 못난 모습 그대로, 그 자체로도 이쁠 수 있구나를 새삼 깨닫게 되었다고 하는 게 맞겠다. 내 동시의 아이들은 딱히 나의 어린 시절이라거나 지금 내가 키우는 나의 아이들의 모습을 그대로를 가져온 건 아니다. 여기저기 어색하게 튀어나온 여러 모습에서 가져왔다. 먼저 눈에 들어온 것은 혼자 구석에 찌그러져 울고 있는 아이의 마음이었다.

> 혼날 때 / 눈물 한 방울 떨궜을 때 / 그때 잃어버렸나 봐 / 내 마음 퍼즐 /한 조각
>
> —「마음 퍼즐 맞추기」 중 일부

아이는 마냥 해맑게 웃기만 해야 할까? 화가 나고 엉엉 울고 싶은 순간은 없을까? 그러면 큰일이 난다. 엄마가 달려와 당장 이유를 대라며 다그칠 테고, 혹시 무슨 문제는 없는지 밤새 전전긍긍하며 걱정하는 엄마를 보게 될 것이다. 혼자 있고 싶은 순간에도 아이의 방문은 수시로 열린다. 다른 이들이 이런 감정을 어떻게 처리하고 사는지 본적이 없다. 다른 사람들 앞에서 엉엉 울면 안 된다고 배웠을 테니까. 어쩔 수 없이 아이는 슬픔을 감추는 법을 혼자 터득해버릴지도 모른다. 그러다 어른이 되면 알게 되겠지. 언젠가 그 감추어진 슬픔이 터지는 날, 자신도 터져버린다는 걸. 울어도 괜찮다, 속상한 날도 있다, 다들 그렇다고 누군가는 말해주면 조금은 위로가 되지않을까?

세상 모든 부모 마음이 그렇겠지만, 당연히 아이 때문에 웃는 날보다 우는 날이 더 많다. 주로 아이의 못난 구석을 알아챌 때다. 슬픔을 멈추고 이를 꽉 깨물며 결심한다. '남들이 알아채기 전에 내가 빨리 고쳐줘야지' 그렇게 아이들을 이리저리 재고 자르고 심지어 죽이기까지 하는 비극이 벌어진다.

> 축구만 하면 / 친구들의 원망을 듣는다 / 내가 구멍이란다 / 나 때문에 맨날 진단다/ 씨이……
>
> 술만 마시면 / 아빠는 나를 꼭 껴안으신다 / 내가 숨구멍이란다 / 나 때문에 살맛 난단다 / 씨익……
>
> —「내가 구멍이라고」 중 일부

자로 잰 듯 반듯하지 못한 부분을 어두운 밤 이불 속에서 혼자 깎아 내며 우는 아이를 보았다. 그게 '성장'이라며 모질게 눈을 감고 외면해야 할까. '울퉁불퉁해도 괜찮아', 심지어 '구멍이 나도 괜찮아'라고 누군가 안아준다면, 스스로에게 그렇게 모질게 대하지 않아도 되는 하루하루가 쌓여 스스로를 사랑할 수 있는 힘이 되지 않을까.

> 그러거나 말거나 달팽이는 끊임없이 기었다 / 달팽이 사진관이 문을 닫았다 / 달팽이는 마침내 결승점을 통과했다 // 내가 다 봤다
>
> —「달팽이 사진관」 중 일부

울퉁불퉁한 사람들이 모여 살아가는 세상을 못마땅한 시선으로 삐딱하게 바라보던 때가 있었다. 각종 사건과 사고, 숫자로만 바라보는 세상. 어느 날 '임대'라는 표지판 뒤로 빈 상가 벽에 걸려있는 가족사진을 보았다. 내려진 간판 뒤에 사람이 있었다. 가족이 있었다. 한 가장의 땀과 꿈이 있었다. 몇 달간 그 빈 상가 앞을 지나며 그 가족사진을 보았다. 누군가는 실패라고 쯧쯧 혀를 차며 지나갔다. 나는 그 순간이 마침표가 아니라 쉼표이길 바랬다. 이런 바람을 갖게 되다니. 그동안 못났다고 외면했던 세상이 조금씩 이뻐 보이기 시작했다.

사실 겨우 시집 한 권을 내어놓고 나의 시 세계를 돌아보는 글을 쓴다는 것이 얼마나 말도 안 되는 일인가를 이 글을 쓰면서 계속 깨닫고 있다. 그럼에도 불구하고 '못하겠어요' 하지 않은 것은 한 번쯤 나는 왜 동시를 쓰나, 무엇을 노래하고 싶나를 스스로 생각해 보고 싶어서였다. 어릴 때부터 지금까지 어쩔 수 없이 나는 세상을 편애한다. 인정한다. 특히나 비뚤어지고 못나고 울퉁불퉁한 부분을 편애한다. 그쪽으로 눈길이 더 간다. 마음이 쓰인다. 그리고 그대로도 괜찮다고 이쁘다고 말해주는 시인이 되어야겠다.

제3부

포구, 테마 詩

김남극 김순실 김창균

박해림 이화주 임동윤

정주연 최수진 한기옥

허 림 홍재현 황미라

임원

김남극

강릉이 고래뱃속 같다는 시인의 말씀을 읽은 게 열일곱 살이었다. 그 후 바닷가 포구를 내려다보는 어느 지점에 이르면 그 포구는 고래뱃속 같이 보였다. 무슨 비밀이 있을 듯하고, 신성한 이야기가 전할 듯하여 포구는 늘 나를 설레게 했다. 임원에 다가가면 그랬다. 7번 국도의 지난 시간 속 그 굴곡처럼 마음은 흔들리고 갈피를 못 잡았다. 고래뱃속 같은 그 포구로 내려가면서 그 하강의 중력처럼 나를 습격하는 바다 냄새. 말린 생선의 짭쪼름한 소금기를 지나면 닿는 가판 횟집 골목. 회를 대충 썰어 넣은 듯한 회덮밥에 매운탕 국물을 섞어 마시면 뭉쳤던 어깨도 갑자기 순해지는 순간이 온다. 나른한 몸으로 닿는 항구에는 늘 저 캄차카 반도의 바람이 부는 듯하고, 황어나 은어가 오르는 개울엔 은빛 비늘과 햇볕이 반짝인다. 하룻밤 민박집 외딴 방에 몸을 누이면 소금기 가득한 사람들의 말이 초저녁 별처럼 잦아 들고 밤새도록 귓가에 파도소리 살랑인다. 꿈결 같은 잠이 가능한 곳. 아침까지 물곰탕 같은 꿈이 가능한 곳. 그냥 고래뱃속 같은 곳. 그래서 자꾸 마음이 기우는 곳. 임원.

포구 테마
詩

김
순
실

봉의산에 정박하다

석양이면 발을 구르는 소양강 처녀들
뒤척이는 강물 속에
물결 하나 열 여덟의 나이로 깜박인다

이불호청 잿물에 삶아
강변에 하얗게 널어놓고
빨래방망이로 세월 두드리던 여인들
그때 강물에 풀려나간 이야기들
물줄기처럼 끊임없이 기억의 솔기 박음질한다

사방이 산으로 가로막혀
떠나지 못한 배 한 척
맘 속으론 무수히 떠나보낸 종이배
지금은 봉의산에 정박해
아침마다 그 사내 기색 살피며 밥을 짓는다

한 마리 봉황의 날개 밑에
한 겹의 나를 이루었으니
너를 품고 내 안에서 끝없이 흐를 春川
언제나 청춘열차가 기다리는

할복

김창균

찬바람 일 때
항구 쪽으로 이마를 맞댄 집에 사는 여자들은
저마다 항구에 나와 명태의 배를 가른다
먼 캄차카반도에서 온
비린내를 미쳐 털어버리지 못한 저들의 배를 갈라
애간장를 들어낼 때
거기 굳어버린 북녘의 바람과
비명도 같이 따라 나온다
얼어버린 비명에 염장을 하며
눈물의 염도를 올리는 항구 쪽 사람들

버릴 것이 없어 더 서러운
내장 없는 빈 몸이
작업복처럼 걸린 북쪽 항구

백 리를 갔다 온 사람이나
시오리를 갔다 온 사람이나
복부에 깃들었던 신앙을
저녁 밥상에 올리며
말 수를 줄이는 동안

속을 훤하게 드러낸 당신 위에
또 다른 당신들이 포개진다

강릉, 그 사내의 바다

박
해
림

딱 여기쯤 멈췄다가
한순간 자지러지는 그 사내

풀어헤친 가슴 여몄다 왈칵 놓아버린 순간,

그 누구의 손길도 거부한
이 세상 단 하나 절명의 외마디를
저 수수 만만 시간의 더미에 함토含吐하였으니

수없이 떠난 자리 누우면 만져지리
수없이 돌아온 자리 귀를 내려놓으면 들리리

잃어버린 첫새벽이 꾸물꾸물 몰려드는 소리
당신이라는 세상이 왈칵왈칵 떠밀려가는 소리

포구 테마
詩

이화주

나를 기다리는 포구

바람 부는 날
하늘 가까운 옥상에 올라
바람을 마시고, 마시고, 마시면
어느 순간 몸이 둥실 떠 오른다.

바람의 신발을 빌려 신고
생각의 돛을 높이 올리고
한 척의 흰 배가 되어
포구를 떠난다.

하늘 바다를 향해 그물을 던져놓고
변신하고 변신하는 구름과 함께 달린다.
하늘이 서서히 노을에 물들면
꽃구름 하나, 둘 포구로 몸을 돌린다.

까마득하게 보이는 바람 부는 옥상,
나의 포구도
흰수염고래 같은 생각을 싣고
돌아올 날 기다리고 있다.

겨울 판화집

임
동
윤

그 겨울 포구에는 공판장 가득한 가자미와
바닥에 등을 붙인 홍게들이 폭설의 부두를
훈훈하게 녹이고 있었다, 오징어잡이 배들이 출항하던
바람 많고 캄캄한 수평선 주변으로 오색찬란한 꽃들이
수백만 송이 피어나 밤바다를 환히 밝히곤 했다

그런데도 폭설은 예고 없이 찾아와
캄캄하게 벽을 쌓고 한 사나흘 바닷길을 막아버리곤 했다
그런 날, 사람들은 술집에 모여 하루를 탕진하였다
둥근 좌판을 사이에 두고 술잔이 오가면서
돌아오지 못한 배들의 내력이 불길하게 증폭되기도 했다
종일 부두의 가장 허술한 지붕으로 눈은 쏟아져 내렸고
시도 때도 없이 치솟는 그물과 유류파동과 인건비 속으로
사람들은 얼굴 붉히며 빠져들었다, 그런데도
여전히 제값을 받지 못하는 고기들의 중량을
오징어 뒷다리 씹듯 질겅거렸다
모두 납빛 얼굴의 좌판에 들러붙은 가자미가 되어갔다
처마 끝의 알전구는 무섭게 눈발을 빨아들이고
방파제에 묶인 배들의 이마가 폭설 속에 얼어붙으며
자정을 몰고 왔다, 가슴 불붙이던 적의와 분노도 가라앉았다

선창도 잠들고, 술판도 저물고
수신인이 없는 눈발만 부고처럼 지붕 위로 몸을 날렸다

그런데도 그 겨울 포구에는 눈먼 가자미와
집게발 치켜들고 하늘 물고 놓아주지 않던 홍게들과
폭설에 무너지는 부두를 훈훈하게 녹이는 사람들이 있었다
그 바다를 조금씩 떼어내 살아가는 사람들이 켜 든
수백만 송이의 꽃들이 밤바다를 환하게 밝히고 있었다

이름 모를 남해포구에서

정주연

이름도 잊은 조그만 남해포구

어느 국도인지
도로에서 고불고불 돌아 바다로 내려가는
비좁은 동네 가운데 언덕이었지
대숲 사이로 바다가 내려다보이는 거기
한 여배우가 차린 카페가 있었다.

비극을 모를 리 없는 그녀가
세상 모든 불행을 압도하듯
활짝 웃고 있는 대형 사진틀 아래
늦은 오후 햇살이 창문으로 찾아들고 있었지

그녀는 왜 이름도 미미한
이 작고 외진 포구 언덕에 카페를 열었을까?
끝없이 몰려오고 또 밀려가는
파도 소리의 부름 때문이었을까

아마도 그녀의 슬픔을 잠재우고 씻어낸
저 무한 무상의 바다가

한 번도 상처받지 않은 것처럼
다시 사랑하라고
그녀를 다시 웃게 해 주었으리

돌아서 내려오는 내 작은 몸이 휘청이도록
어디서 오르는지 내려가는지 모를
바닷바람이 뜻 모를 깊은 포옹으로
멀어지는 포구,
조용한 시간이 이별을 청하고 있었다.

아야진 너럭바위 그 위에서

최수진

어떤 스타일이 좋으세요?
아야진의 바람이 우리에게 물었다

나는 잠시 고민하다가 수줍게 말했다
뒷머리는 업 스타일, 앞머리는 뱅 스타일
오드리 헵번을 좋아해요
참, 남편은 세련되게 잘라주세요
레오나르도 디카프리오가 좋겠어요

아야진의 바람이 내어 준 아이스 커피
얼음이 유리잔에 부딪혀 달그락했다
옆자리에서 머리 감는 물미역 아가씨와 눈이 마주친 나는
괜스레 커피를 쪼옥 들이켰다
아메리카노 향기에 내 마음은 열기구를 타고 떠올랐다

아야진의 주인은 모래밭 위 짭조름한 텐트 안에서
한참 무언가를 만들더니 곧 모습을 드러내고
잔물결이 이는 푸른 염료를 우리 머리에 발랐다
갈매기를 머리와 함께 말아 구불구불한 컬도 내었다
그는 쉼 없이 떠들었다

그의 입담은 너무 거칠어서 나는 가끔 코를 막기도 했다
그가 머리를 감기고 말려줄 때는 좌우로 흔들거리기도 했다

자, 마음에 들지요?
아야진의 주인은 만족스러운 얼굴로 우리를 배웅했다
쑥대머리가 된 오드리와 디카프리오
우리는 뺨에 달라붙은 머리칼을 서로 떼어주며 깔깔거렸다
저 멀리 수평선이 아득아득한 가운데
태양의 웃음이 여름처럼 풋풋하게 흘러내렸다

한기옥

즐거운 실수

화진포 사는 박 시인에게 메일 쓰다 받침 자 잘못 눌러
밥 시인이 돼 버렸다
시 쓰는 일에나 종일 매달린다 해도
목구멍에 거미줄 치지 않을 날
하루쯤 온다면 좋겠습니다
감추고 싶은 말 그에게도 있을 듯해 멈칫거리는데
밥 시인이라고 쓴 글자 사이에서
밥물 끓어 넘치는 소리 쫄쫄 새어 나온다
누군가
박 시인 부르려다
밥 시인 부를 때마다
글자마다 살진 쌀알이 되어 곳간에 쌓인다거나
따신 밥알이 되어
가난한 그의 주발에
고봉으로 담길 수 있다거나
그이가 메일 열다
밥이라고 써진 이름자 보며
사나흘쯤 배가 부를 수도 있는 일이라면
밥 시인! 밥 시인! 자판이나 두드리는 일도
신명 날 일이지 싶어

몇 차렌가 'ㅂ' 자 두드리는데
글자 사이 끓고 있던 밥물 잦아들며 뜸 들이는 냄새
방안 가득 하다
세상 허기 위로
따스한 것들 폭신한 이불처럼 덮여지는 저녁이다

허림

부남항

바다로 가는 길
돌고돌아 부남에 닿는다
트라이포토가 쌓여있고
부들이 씨방을 허물어 날리는 고라데이를 내려다보며
대숲사이 계단 끝에 닿아있는
바다. 마침내
속내를 읽어버린 파도는
수평선을 내려놓고
모래밭에 남은 발자국이 지워진다
너무 깊은 사랑이었나
내안에 잠든 그대의 노래
파도로 뒤척이고
가야할 먼 곳을 꿈꾸다
바위가 된 여인은 전설로 속삭인다
사랑은 언제든 떠나게 마련이다
헤어질 결심을 하는 거니까
부남바다에 남은 발자국마다
바다의 울음이 가득하다

* 부남해변 : 삼척시 근덕면 부남리의 해변. 영화 '헤어질 결심'의 촬영지
* 헤어질 결심 : 박찬욱 감독이 만든 영화

포구 테마 詩

홍재현

출석부

용성아[1]
해성아
대진아
수운아
원호야
광복아
영선아
덕신아
마성아
원일아
장원아

밤바다 운동장
흩어져 놀고 있는 배들

아야진 학교 등대 선생님이
출석을 부릅니다

깜……………빡
까아암…………………………빡

'그만 놀고 들어와라. 공부 시작하자'
밤새 부릅니다

---

1) 아야진 포구에 정박된 선박 이름들

포구 테마
詩

황미라

포구

방파제로 감싸 안아
품을 내준
우주의 한 구석
나 여기서 날숨과 들숨을 쉬었네

내가 부려놓은 것은
근심과 걱정, 우울과 절망
수확물을 무더기무더기 내려놓는
고깃배들 옆에서 고개를 들 수가 없네

귀신과 사투를 벌인 날
중환자실에 누워
주사바늘 끝에 몸을 열 때
방울방울 바닷물 스며
까무룩 나 저 너머로 흘렀어도

포구는 등댓불 깜박이며
돌아와, 돌아와,
이 너절한 생도 거두어들였네

다시 아침이 왔던가

생전 처음인 것처럼
동해의 붉은 목젖을 물끄러미 바라보네

제4부

표현시 동인 신작시

김순실 김창균 박민수

박해림 이화주 임동윤

정주연 최돈선 최수진

한기옥 허 림 황미라

신작시

김순실

달버스 외 3편

구름도 없는 밤버스를 타고 가는 나를
끈질기게 따라오는 시선은 낯이 익다

짙푸른 수면을 차고 오르는
지느러미들이 헤엄쳐 오고 있다

한때 저 달빛을 베낀 배꽃이
흐드러진 적이 있었지

종점이 가까워 온다
하늘이 기우뚱거린다
차창에서 나와 눈 맞추던 수많은 시선은 어디 갔나

해일처럼 밀려오던 심해어들 뿔뿔이 흩어진다
내 마음에 달 하나 남겨두고

대구에서 춘천까지
차창에 갇혔던 달
이제 제 갈 길을 찾았을까

인형극

줄인형이 색소폰을 부네

실에 매달린 관절 뿔처럼 솟구치네

줄을 조정하는 손 따라
굽이굽이 음악이 넘어가고
춤추는 인형
온몸이 땀에 젖네

어깨춤에 한껏 흥이 난 관객들
덩실덩실 춤추는 꼭두각시들이네

생명줄에 매달려
운명줄에 매달려
색소폰 소리에 끌려

팽팽한 절정은 아직 멀었다는 듯
굽은 두 팔 휘저으며
힘껏 들어 올리네

눈먼 무사

— 영화 '동사서독'을 보고

눈이 보이지 않으니
마음이 보내는 눈빛이 찌릅니다
수줍은 생각 많아
목이 타고 큰 숨 들이쉬는 이 사막에서
그대를 사랑할 수 밖에요

그리워하는 심정들이 떠돌게 했나요
서로를 베는 검이 될래요

이 사막 어디에도 없는 그대
검이 빠르면 솟구치는 그대의 피
내 심장을 관통하네요

능소화

능소화 피어서 여름이네
태양이 붉다 한들 저 주황빛만 하랴

능소화 그늘 깊숙이 숨어들었던 우리
담벼락에 기대어

숨은 입술처럼 서로를 탐했네
차라리 한 줌 재로 스러져도 좋아

그때 화상입은 그 연인
한 방울 핏자국,
이 여름이 뜨겁네

김순실 _ 1998년 강원일보 신춘문예 등단. 시집 〈고래와 한 물에서 놀았던 영혼〉 〈숨 쉬는 계단〉 〈 누가 저쪽 물가로 나를 데려다 놓았는지〉 등이 있음.

김창균

쇠미역 외 3편

당신의 어원을 오랫동안 따라가 봅니다
당신의 몸 어딘가에 파란 녹이 맺혔을 법도 하여
안부를 물으려다 망설입니다
당신 속에 있는 색을 데쳐
추운 겨울 저녁상에 올리고 싶은 마음입니다
장날도 아닌데 좌판에 나와 앉아 있는 노인 몇은
하루 종일 겨울볕에 미역줄기처럼 말라가고
겨울해는 가난한 집 때거리처럼 빨리 떨어집니다
밤을 기다려 처마 고드름은
누군가의 눈물을 받아 몸집을 불리는데
몸을 웅크린 몇몇은
이가 벌어져 바람이 제집 드나들 듯 드나드는 방에서
위태로운 불빛처럼 밖으로 몸을 기울입니다
일찍 추위가 오는 북쪽 마을
구멍이 숭숭 뚫려 말문이 막히는
한번 들어온 바람은 출구를 찾지 못해
냉방에서 자신의 체온을 올리다 이내 주저앉고야 마는
기막힌 날들입니다.

바다로 간 늙은 애인들

늙은 애인들이 각자 하나씩은 가지고 있는 병을 다스리기 위해 바다로 간다
바다로 향하는 골목 끝자락은 성소(聖所)의 문턱처럼 민망하게 닳아 있다
병든 자들의 주술이 닿아 빛나는 아침 바다. 찢긴 깃발 같은 말들을 중얼거리며
애인들의 얼굴은 역광을 받아 검게 윤곽만 남았다.

한때 바다로 향하는 골목은 털옷을 짜며 기다리던 겨울이었고
주인의 발을 기억하던 신발이었고
아픈 사람 다루듯 조심조심 걸으며 누군가의 숨소리를 듣는 문턱이었다.

늙은 애인들의 주름을 건너며 바람은 거친 소리를 내고
밤늦도록 달다 차마 다 못 단 인형의 까만 눈알과
아가미가 꿰인 채 오래 매달려 있어 아가리가 얼얼한 생선은
입이 굳은 채 처마에 매달려
늙은 애인들에게 농담을 건넨다.

랜턴을 켜고 걷는 밤길

앞서가는 당신과
뒤에서 랜턴을 들고 가는 나는
한 편에선 빛에
또 한 편에서는 어둠에 취약하다
앞서가는 당신과 아무 상관 없는 혼잣말을
나에게 건네며 걷는 밤길
길이 급하게 휘어질 때마다
나의 손에 들린 문명은 얼마나 나약한 것인가
혼잣말이 슬쩍슬쩍 앞서가는 사람 뒤꿈치를 건드리고
혼잣말에 살이 붙어 어둠에 섞일 즈음
마른 꽃대궁을 지나던 바람이 내 종아리 부근으로도 지나가고
세상의 불빛을 다 끌어모아도
밤길은 밝아지지 않을듯한데
까만 씨앗 한 줌 쏟으며 제 발목을 고개 숙여 보았을
가을꽃들의 혼잣말은 어떠했을까
나는 불빛보다 한걸음 뒤쪽에서 걸으며
마치 먼 훗날을 도모하는 구경꾼처럼
가을꽃들이 오래 고개 숙여 보았을
그 발밑을 생각해 본다.

구멍 많은 집

김장용으로 심은 배추에 구멍이 숭숭
잎잎마다 누군가 다녀가셨다
세상의 구멍이란 구멍은 무엇인가 다녀간 흔적
발꿈치 뚫린 양말 구멍이 무심코 나에게 들켰을 때
발이 다녀온 오지의 저녁을 끌어당긴다
발뒤꿈치를 오래 들여다보면 마침내 보이는 것들
마치 밖에서 걸어 잠근 방 안에 앉아있을 때처럼
나는 바깥을 볼 수 있으나
바깥은 나를 볼 수 없어
눈물 너머까지 가서 보는 구멍 저편
어떤 틈들은 이유가 있고
어떤 틈들은 바닥난 변명처럼 궁색하기도 해

몇 번 이별을 경험한 눈을 마주하고 앉은 나는
마치 내 것이 아닌 것 같은 누군가의 눈물
뒤편을 촘촘하게 깁는다.

김창균 _ 강원도 평창군 진부 출생. 1996년 『심상』 등단. 시집으로 〈녹슨 지붕에 앉아 빗소리 듣는다〉 〈먼 북쪽〉 〈마당에 징검돌을 놓다〉와 산문집 〈넉넉한 곁〉이 있음. 발견 작품상, 선경문학상 수상. 현재 한국작가회의 강원도지회장.

신작시

박민수

내 마음의 작은 숲에서 외 3편

어느 날 내가 내 마음의
작은 숲에 갔다.
저 한쪽 외로움의 공간이 있고
이 한쪽 그리움의 공간이 있다.
누구도 오는 사람 없지만
이 공간 저 공간
나의 그림자 홀로 오락가락
누군가를 기다리는 듯
가끔 휘파람 소리 외롭다.
아하, 가여운 사람,
우리 삶이란
언제나 오랜 기다림일 뿐이니,
오늘은 홀로 산책길
헛기침이나 하면 좋으련만!

자유

자유는 희망이다.
자유는 지워지지 않는 꿈이다.
나도 자유를 원한다.
자유는 하늘길 저 멀리
홀로 날아가는
갈매기의 하염없는 날갯짓이다.
누구도 막을 수 없는 하늘 길
그 넓은 광야의 그리움이다.
자유! 오 자유의 그리움!
그러나 자유는 어디에 있는가?
긴 밤 꿈속 홀로 헤맬 때도
나에겐 자유가 없다.
이리 가도 자유는 없고
저리 가도 자유는 없다.
잠 깨어 문득 하늘을 보아도
그 푸른 허공 내 것이 아니고
앞 강 길게 흐르는 물줄기도
저만치 가며 홀로 손짓만 남길 뿐이다.
길가에 핀 꽃 한 송이
그것도 내 것이 아니니

그냥 나 홀로 바라만 볼 뿐이다.
사랑도 그렇다.
사람들 모두 사랑의 기쁨 말하지만
그것은 내 것이 아니다.
기쁨은 잠시 나를 떠나 하늘의
풍선으로 날아가는 하염없는 손짓일 뿐
오늘도 나에겐 나를 사로잡는
굴레가 있다.
자유는 그냥 꿈일 뿐이다.
나를 사로잡는
바람소리일 뿐이다.
그대여, 우리 삶이란
자유를 꿈꾸는
눈물의 오랜 감춤일 뿐임을
인정하라!

창밖 푸른 하늘길 바라보며

이른 아침 고요히
창 앞에 서서
산 넘어 먼 하늘길 멀리
홀로 바라보노라니
문득 하늘빛 아득히
눈부시게 푸르르다.
홀로 흐르는 앞 강물과
미루나무 저 높은 가지 위
바람결 출렁이며
홀로 우는 뻐꾸기 한 마리
그 모습 멀리 바라보노라니
내 앉은 자리 문득
긴 울음소리 작은 바람결
또 꽃가루처럼 나부낀다.
아주 가늘게 들리지만
내 마음 깊은 곳
문 열고 스며드는 그 울음소리
애절히 아득한 울림,
저 한없는 그리움의 아우성,
그 소리 높이 높이 하늘 가득 퍼지는

이른 아침 갈길 모른 채
나 홀로 작은 눈물방울 쯜끔
발등에 떨군다.
우리 삶이란 언제나 이렇다.
밖에서도 그렇고 안에서도 그렇듯
멈출 줄 모르는
내 마음 그리움의 아우성 소리,
아마도 저 먼 세상 거기에
기다리며 손짓하는 그리운 누군가
있으리니,
우리 삶이란 언제나 이렇게 멈추지 않는
그리움의 오랜 눈물이다.
사랑이다.
사라졌다 언제나 다시 오는
오랜 추억의 잔물결이다.
따듯한 아픔이다.
사라질 줄 모르는 애틋한 미소이다.
언제나 멈추지 않는
하늘길 아득한
봄나비 푸른 날갯짓이다.

어느 가을 한 날의 추억

어느 가을 한 날
바닷가 외로이 한참을 걷다가 문득
저 멀리 가파른 산중턱 외로운 등대 하나
홀로 불빛 전후좌우 나부끼며
하염없이 계속 반짝임을 보았다.
그것은 누군가를 향한 하염없는
손짓이었다, 그리움이었다.
저 넓디넓은 바다를 향해 던지는
오랜 외침이었다, 아우성이었다.
온 세상 쏟아지는 빗물이었다.
반짝이는 눈물이었다.
끝내 멈추지 않는 오랜
손짓이었다.
잊혀지지 않는 사랑의
머나먼 추억이었다.
누군가 나를 부르는
오랜 외침의
사라지지 않는 휘파람 소리였다.
뜨거운 포옹이었다.

박민수_1975년 《월간문학》 등단. 시집 〈개꿈〉 〈낮은 곳에서〉 〈잠자리를 타고〉 외 다수.

봄날을 서성이다 외 3편

박해림

후드득 후드득
봄날 유리창을 그을린 빗방울이 흠칫 멈춥니다

세상의 모든 저녁 어룽대던 그 뒷모습이
덜컥 흐르다 멈춥니다

당신은
어디쯤 멈춰 서서 이 짧은 봄날을 서성이고 있는지요

기억 저편
그때의 시간을 미처 내어놓지 못했는데

작은 눈물이 삼키다 만 당신을
기어이 내려놓아야 하다니요

안부가 그리운 날

하루의 절반은 당신을 위해 쓰겠습니다

작은 꽃밭을 만든 후
걷기 좋은 길을 내어
새를 앞세워
편지를 쓰겠습니다

앉은뱅이 소반을 마주하고
구름이 다녀간 하얀 종이 위에
당신을 또박또박 써 내려 가겠습니다

당신이 너무 아득해서
온종일 걸어도 만날 수 없을 때
박새 발자국을 두고 가겠습니다

오래전 안부는
눈(眼) 속에 그대로 두었습니다

과녁

본디
너의 태생을 애절함이라 불러주리
격식 제대로 갖춘 일격의 발차기 선수라 불러주리

과녁이 된
나의 심장은 이 순간
산산이 부서지고 또 부서지고 말 터이니

딱 한 번의 실수로 끌려온 것이 아니라면

목놓아 뒹굴면서도 허리 꼿꼿한 지상 최초의 완벽한 궁수
라고 부를 것이니

그 애절함의 끝에 서고 싶은 것이다

편지

엎드려 편지를 씁니다
수신인 비워놓고 밤새도록 바람 속을 떠돕니다

꽃으로 오는 그대
구름으로 오는 그대
바람으로 오는 그대
천둥으로 오는 그대
소낙비로 흩어지는 그대

아직 계절은 다 지나가지 않았습니다

한 어른 소년이 아직도 그 자리에 서 있습니다
긴 그림자가 그 뒤를 지키고 있는 것이었습니다
밤새 그러고 있는 것이었습니다

박해림 _ 1996년 《시와시학》시 등단. 2001년 서울신문, 부산일보 신춘문예 시조 당선. 1999년 월간문학 동시 당선. 시집 〈슬픔의 버릇〉 외, 시조집 〈코다리〉 외, 동시집 〈간 큰 똥〉 외, 시평론집 〈한국서정시의 깊이와 지평〉, 시조평론집 〈우리시대의 시조 우리시대의 서정〉. 수주문학상, 김상옥시조문학상 수상 등.

혀에게 하는 부탁 외 4편

이화주

혀야
가시를 잘도 찾아내는
영리한 내 혀야

생선 가시는 찾아내 뱉고
말의 가시는 찾아내 삼키렴

화분에 물 줄 때

우리 할머니는 화분에 물 줄 때
제일 멀리 있는 화분부터 준다.
물을 제일 못 얻어먹었다며.

튜립이나 난화분 귀퉁이
냉이꽃이나 괭이밥에게도 골고루 물을 준다.
먼 곳에서 찾아온 손님이라며

주인은 어디 갔니?

신라 왕관의 관모

1500년 시간 속에서
금방 날아나 온 황금새 날개처럼
금실로 매달은 400개의 달개가 눈부시게 반짝인다.

그런데
네 주인은 어디 갔니?

영원한 주인이 없다는 걸 보여주려고
여기까지 왔다고?

너 그럼
시간 속을 또 또 또 날아갈 거구나

엉뚱한 대답

어린 가로는
밤마다 가본 적 없는
고향을 꿈꾼다.
엄마가 들려주던 초원을

엄마도 아빠도
하늘나라로 떠났을 때
비로소 고향을 향해 출발했다.

부서진 울타리
이상한 신호등
차와 사람들의 물결 속
가로가 수없이 던진 질문은 딱 하나
'고향으로 가는 길은 어디에요?'

가로의 마음을 읽었다는 박사님의 해답은
"가로가 외로워요.
옆 동물원에서 친구를 데려다줍시다."

'샤' 은 웃고 우리는 울었다

"샤
너는 우리의 딸."
구조대원들이 불러주는 노래를 듣고
무너진 건물더미 속에서
샤은 웃고
우리는 울었다.

천사도
부끄러워 숨어있던 신도
함께 울었다.

이화주 _ 1982년 강원일보 신춘문예에 동시 「여름밤」과 아동문학평론에 동시 「나뭇잎」으로 문단에 나옴. 저서로는 〈내 별 잘있나요〉 외 여러 권의 동시집과 동화, 그림책이 있으며 윤석중문학상을 받음.

신작시

임동윤

달맞이 외 3편

저녁 한 때가 튤립나무에 걸려있다
새들도 떠난 자리 울음이 고여있다
울음을 묻힌 자리 바람이 고여있다

나는 아무것도 묻지 않는다
불면 와락, 무너질 것 같은 봄날
조금씩 틈이 벌어지고 있다

공원 벤치와 사내의 그림자놀이
겹겹의 깡마른 몸을 껴안는 저녁 어스름
아직 달은 떠오르지 않았다

그들은 돌아앉아 있었다
껍질만 남은 대낮을 비우고 있었다
구부러진 세상을 길게 눕히고 있었다

점점, 무척, 하늘이 가까워진다

날아오르지 못하고
그 밤, 끝내 달은 떠오르지 않았다

껍질의 시

완전한 삶이 존재하지 않듯이
고쳐도 고쳐도 미완성인 시, 그러다가
맨 처음 내용으로 다시 돌아오고 만다
이미지에 집착하다 보면 해야 할 말들이 죽고
내용을 내세우다 보면 진술 일변도여서
시를 읽는 참 맛이 없다
생선회에 고추냉이와 초장이 없듯이
붕어찜 밑바탕에 시래기가 없듯이

직립의 자세로 하늘 우르르는 침엽수와
바람에 키를 늘이는 저 대숲의 속삭임
그 꼿꼿함과 천 개의 말을 닮고자 했으나
원목이 되지 못하고 껍질만 무성한 나의 시
마른 덤불만 무성히 만든 것은 아닌지
버리지 못한 욕망, 지키지 못한 언약이여
나는 안다, 불온한 날들 위에 얹히는
숭숭 벌레 먹은 시든 나뭇잎이라는 것을

성주사지

山門 무너진 자리에 바람이 높다
일가를 이룬 풀들이 네 개의 석탑을 끼고 돈다
바람 따라 모로 누웠다가 다시 일어선다

빛바랜 석등에 불을 켜면
하안거에 든 스님들 독경 소리 들릴법한데
백제의 숨결을, 온전히 탑 안에 가둔 것을 지켜본 것은
코와 귀가 잘린 석불입상이었으리라

아니, 육백 년 사직을 지켜본 것은,
법의로 양어깨와 발을 가린 석불입상이 아니라
스러져도 죽지 않은 이 가녀린 풀들이었으리라
나쁜 마음의 말이나 행동을 금하라는 부처님 설법이
풀밭 곳곳에서 연꽃으로 피어오를 법한데

서당개 삼 년이면 풍월을 읊는다고 했고
천년 세월 목탁 소리와 경전에 귀 기울여 살았으니
이곳 풀꽃들은 모두 나한이거나 부처이겠다

온갖 풀들이 석탑과 석등을 감싸고 도는
천년 사지, 독경 소리는 석탑 속에 진정 깊이 잠들었는가?

떠난 자들, 숨결만 가파르다

* 성주사지 : 충남 보령시 성주면 성주리에 있는 백제시대의 절터.

거미의 여름

염낭거미의 집은 갈대밭
푸른 달빛을 머리에 이고
칼날 같은 갈대 잎사귀를 곱게 접는다
잎맥의 완강함으로 피가 번진다

허공과 잎사귀 사이 작은 공간
이곳에 목숨의 마지막 다리를 놓는다
고치를 위해 젓줄 풀어 구깃구깃 접는다
풀잎에 베인 상처가 붉게 번져간다

연둣빛으로 휘장을 두른 산란실
몸을 옴츠리고 자신의 꿈을 조용히 눕힌다
오직 어둠 속에서 산란하는 일에만 열중한다

양수 속을 유영하던 것들이 껍질을 부수고
새끼들이 꼬물거리며 가슴을 파고든다
아무것도 줄 것이 없는 어미
송두리째 제 몸을 내어주고 있다

어미 몸을 갉아 먹고 자라난 새끼들

갈댓잎 위에서 찬란한 햇빛에 마주 선다
바람까지 잘근잘근 씹어먹는다

그렇게 한 어미의 여름이 간다

임동윤 _ 1968년 강원일보 및 1996년 한국일보 신춘문예 시 당선. 시집으로 〈연어의 말〉 〈따뜻한 바깥〉 〈고요의 그늘〉 등 16권. 녹색문학상, 수주문학상, 김만중문학상, 천강문학상 등 수상. 현재, 계간 문예지 《시와소금》 발행인.

신작시

정주연

가을 뒷모습 외 2편

저 화려한 가을 속에
모든 깊어지는 것들이 두려워
새벽안개 입자처럼 숨어 있는
습기 어린 가을의 두 눈을
나는 모른 척하려 애쓰고 있네

여기, 저기
이 산 저 산
불타오르고 또 타올라 다 태우고도
재가 되지 못한 붉은 울음들은
다 어디로 스며들어 무엇이 되었을까?

낙엽에게 물어본다.
색을 지운 가벼워진 무게만큼
조락(凋落)이 무겁지는 않은지를

땅거미 지는 길을 피해 먼 산을 보는
가을의 뒷모습을 지우려
나는 소리 질러 봄노래를 부른다오
그건 나만 아는 비밀이지요

얼마나 많은 이별들을 모른 체해야 하는지
가만히 가을의 마른 손을 잡아 봅니다.

모래성

시인 정지용은
하늘의 성근 별이 알 수도 없는 모래성으로
말을 달리는 모습을
어찌 그리 벌써 알았었을까요?

이루지 못할 꿈을 꾸며
고단한 생의 등짐을 지고 걸어야 하는
아직도 오늘만을 알뿐인 나를 이윽히 바라보네요

높이 뛰어올라 보아도
그저 욕심의 벌레에 불과한 존재의 비천함에
고개 숙여 보는 하루치의 생을 풀어 놓고
내일은 텃밭을 가꾸려 하네
늘어나는 수확량만큼 더 가난해지는 욕망은
오늘을 저당 잡히며 기진해
번번이 저녁밥을 놓치고 잠이 든다

쥘수록 빠져나가는 오늘의 모래성
하오로 기운 삶이 내미는 손바닥에
비로소 자비라는 눈물방울이 고이네요

해 기우는 줄 모르고 모래성 쌓기에 골몰하는
늙은 내 안의 어린아이를 꼬옥 안아 본다
따듯하다.

녹색 독재자

오솔길을 가리고
성큼성큼 앞마당으로 걸어 들어온 녹음

저 푸르름 속엔 어떤 밀서를 숨기고 있는지
앞다퉈 밀어닥칠 무혈 무죄한 낙원의(남국) 세력
그 짙푸른 독재를 환영합니다

새와 바람의 신호도
지는 해도 이미 결심을 굳혔으니
작열하는 저 햇살의 절대 응원을 누가 막을 수 있겠나요
곧이어 장미와 해바라기꽃 밀사가 뜨거운 인사를 나누면
성세를 자랑할 여름에겐
안티도 어떤 댓글도 다는 이가 없겠지요
세금 고지도 없어요

봄꽃들이 지나간 성난 풀밭을 점령한
아무도 가난한 이가 없는
공평한 여름의 통치술
그래도 마법은 없었노라고
神 들도 손을 놓고 느긋이 창조물을 즐기고 있다

사랑해요
여름을~~

정주연 _ 2001년 평화신문 신춘문예"레퀴엠"시 당선 등단. 강원작가상, 강원여성문학 우수상, 춘천여성문학상 수상.

신작시

최돈선

거미와 그리마는 관계없음 외 2편

— 방의 구도

거미 한 마리가 문설주에 기대어 있다. 깡총거미일지도 모른다. 낡아빠진 목월의 시를 읊조린다 한들 나아질 일은 없을 터이다. 장판으로 내려와 발이 미끄러져 비틀거리며 달린다 해서 100m육상선수가 될 리는 없다. 그냥 천천히 네 길을 가라.

또한 동시에 다리가 서른 개인 그리마를 보았다. 물결치며 파도가 일듯이 마치 사막을 여행하는 구도자인 양. 가까스로 녀석을 온기 있는 손가락으로 집어내어 창밖으로 던져 버렸다.

아니 놓아주었나. 덕분에 그리마는 긴 다리 하나를 내 손가락에다 아쉬운 듯 놓고 갔다. 실핏줄보다 더 가느다란 선물이다. 캄캄한 밤에 누가 그 벌레를 찾을 것이며 다리 하나 없는 것을 그 누가 탓할 것인가. 나는 오래오래 손가락에 묻은 다리를 보고 궁리했다. 이 다리 하나가 무슨 의미를 가진다는 것이지?

난 그 형편없는 다리 하나로 밤새 꿈속을 걸어…, 어이쿠

뛰어다녔다. 그리마야 그리마야.

— 발이 미끄러져 비틀거리는, 슬프고도 유쾌한 깡총질주. 98초

— 꼬리 하나, 더듬이 둘, 물결 다리 서른 개 , 그 중 버려진 쓸모 없는 존재 하나

냉장고

밤이면 냉장고를 먹어치우고 싶은 사내가 있어요

냉장고는 안쓰럽게도 메마른 눈을 만드느라 아주 분주해요

언 하늘을 받쳐 줄 고독조차 있을 리 없어요

허세의 거리만이 케케묵어

삭아져가는 자신을 안달하네요

유통기한이 훨씬 지난

이름 모를 통조림 라벨이 유령처럼 떠다녀요

분해된 샤갈의 소가 눈 맞으며 움메움메 울어요

외양간이 어디론가 가버렸나 봐요

믿지 못하겠다는 눈치로

나무 한 그루 근엄하게 서 있네요

구름 몇 송이 나무에 채집된 채

매미 흉내를 내고 있어요

게으른 시계는 이제 울지 않아요

피맺힌 원한의 숨결만이 냉장고 문이 열리길 학수고대해요

문을 여는 순간

불의의 저격은 참으로 치명적일 거예요

시치미 뚝 떼고 무조건 고요히 신음소릴 내야 해요

물론 요망스레 오래오래 침통함을 가장해야죠

똥돼지
— 전설 서언

옛날 제주 똥돼지들
너나없이 행복하게
진실하고 정직한 주인의 똥을 먹고 자랐다
바다를 유영하는 해녀의 다시마똥을
가난한 화가 이중석의 그림 속 빨간 게똥을
소년이 흔드는 깃발처럼
설레이면서, 천년을 돌아온 바람의 내음처럼
돼지는 똥을 먹고 똥돼지가 되어 갔다
사람들은,
이게 제주 똥돼지여 아픈 역사여
한 점 젓가락에 묻은 향수처럼 살을 씹다가
울컥 가슴이 메는지 맑은 소주잔을
단숨에 비웠다

— 제주 비극

4월 3일 봄날은 꽃처럼 터졌다
돼지의 주인들이 경찰의 총에 맞아 쓰러졌다
돼지들은 먹이를 주지 않는 주인을 애타게 찾으며

똥 내리던 동그란 허공을 향해 울부짖었다
참지 못한 돼지들이 똥돼지의 갇힌 웅덩이를 뛰어넘어
괘애꽥 집단 항의의 달음박질로 지축을 울렸다
최초의, 그러나 최후의 자유의 외침이 슬프게 메아리치자
어디선가 골목 모퉁이에서
비웃음을 머금은 총소리가 다꾸 앙 다꾸 앙 울려퍼졌다
우리에게 똥을 달라 우리에게 똥을 달라
돼지들은 두 콧구멍과 턱과 눈에 총알을 맞고
쓰러졌다
그들이 그토록 애타게 찾아 울부짖었던
주인의 시체 더미 위로

반란이다 반란이다
총구에서 푸른 연기가 소름소름 새어 나오는 저녁 어스름
경찰 군복 입은 자들이 한 손에 대검을 뽑아 들고
돼지들을 향해 달려들었다
그러자 정말이지 돼지들은 귀의 깃발을 흔들기 시작했다
새빨갛게 노을이 지기 시작했다
피로 물든 돼지의 귓불이 일제히
마지막 안간힘을 다해 꿈틀거리자 대검의 끝은

돼지비계를 찢고 심장을 파고들었다
화톳불 이글거림이 탐욕의 얼굴 얼굴을 일렁이게 했다
저녁 만찬은 똥돼지 굽는 냄새로 하늘을 뒤덮었다
향연은 밤 깊은 줄 몰랐다
신음의 분노로 실과 뼈는 자작거렸고
잔인한 이빨들이 죄 없는 돼지의 살을 물어뜯으며
게걸스레 쩝쩝거렸다
반란은 참 좋은 거야
이렇게 우리에게 일용한 양식을 주시니
누군가 가만히, 별 뜬 밤하늘을 향해 이죽거렸다

최돈선 _ 강원일보 신춘문예와 《월간문학》 신인 작품 당선으로 글을 쓰기 시작함. 시집으로 〈칠 년의 기다림과 일곱 날의 생〉 〈허수아비 사랑〉 〈물의 도시〉 〈사람이 애인이다〉 등이 있음.

최수진

반가사유상 외 3편

눈썹에 걸린 달
코허리를 타고 뒹굴더니
입에 쏙 들어가네

사탕 머금은 샘

공중정원

너를 만나기 30분 전,
오늘의 드레스 코드는
햇살같은 샛노란 셔츠와 물빛 멜빵바지야
손목에는 빗방울이 달린 커플 시계도 찼어
모시 구름결 같은 머리칼에는
싱그러운 바닷바람 내음의 향수를 뿌렸지
네 마음에 들면 좋겠어

너를 만나기 5분 전,
어깨에 작고 가벼운 낙하산을 펴두어야 해
약속했던 공중정원, 그곳까지 가려면
우리의 온몸이 두둥실 떠올라야 하니까
가만, 이륙하려던 나를 붙잡은 건
앞서가는 유모차에서 깊게 잠이 든 푸들이야
어떻게 해, 정말 귀엽잖아!
사진을 찍어둘게, 네 마음에 들면 좋겠어

너를 만나기 20초 전,
아기 구름이 한창 물놀이에 빠져있는 동안
어미 구름은 노곤한지 연신 하품을 하더라고

요 앞 카페에서 달콤한 라떼 두 잔을 샀어
몽글몽글한 크림이 다 걷히기 전에 얼른 와
연둣빛 섬마을이 보이는 여기 하늘 전망대로

네 마음에 쏙 들거야

유리 구두

반야의 신기루가 사라지면
탄성의 법칙에 따라
쪼그라든 세계가 다시 움을 틔워

왕자의 품을 떠난 그녀는
굴절된 시간의 틈으로 거세게 담박질하지만
초연한 자아의 절댓값을 찾지 못한 채
유리 구두 한 짝과 작별하지

바닥이 푹 꺼진 호박 마차
수염과 꼬리가 생긴 호위병, 그리고
누더기 차림의 잿빛 소녀
너는 이 황홀한 계시를 받아들여야만 해
하지만 흘린 다이아몬드 그 프리즘이 날아와
심장에 끈적끈적 달라붙었네

비비디 바비디 부-
어디선가 들려오는 뿔 고동 소리
세공사의 손놀림이 바빠지는 가운데
엄지와 검지는 그 장갑이 유별나게 크고 작았다지

맞는 이가 없어 슬픈 소년아,
한없이 낮은 저 바닥을 봐봐!

시간을 떠나보낸 기차역에서 쪽잠을 자고
바늘땀을 채우며 생쥐들과 동무하는
거기, 햇살이 있단다
바람 커튼에 몸을 싣고
너울거리는 이 순간에 만족하는
봄과 같이 발그레한 햇살이 있단다

비비디 바비디 부-

한계령

해까닥 구부러진 헛헛한 고갯마루
출처가 불분명한 술병들이 데구루루

포드닥 물러나는 저 뒤꽁무니를 보렴
아무개의 그림자 위에 쭈그려 앉아
낙엽처럼 흩어진 날개들을 그러모으지
밤바람에 갈피 없는 경계를 풀어헤치지

꼭대기에서 부는 바람결에도 나이테가 있을지
머리채를 들어 어제와 오늘의 머리카락을 셈해보니
세월은 알쏭달쏭하기만 할 뿐 끝이 없더라

안개가 자욱한 그 길로 들어섰지
급하게 불어 끈 흔적들 사이로 불티 몇 개가 보여
이미 뿌리내린 마음을 어찌 다독거려야 할지
녹나무 그 목덜미에 줄을 매고 그네를 미네

세상 모든 슬픔에 대해 말해보렴
나는 세상 모든 기쁨에 대해 말해줄게
슬픔이 밀려가면 우연히도 기쁨이 다가오곤 한단다

그것 아니, 눈밭에 흩뿌려진 풀씨들처럼
영롱한 빛으로 세상을 소소하게 밝혀주더라

너, 높다랗게 솟으려무나
초록의 감각이 다시 기지개를 켤 수 있게
곤줄박이들이 지지배배 지저귈 수 있게

우리의 영혼은 한계치를 모르니까

최수진 _ 2021년 《시와소금》 신인상 등단. 첫 시집으로 〈산채비빔밥과 몽키바나나〉가 있음.

신작시

한기옥

김치, 김치들 외 3편

짜지도 싱겁지도 않게 간을 맞춰야 한다구요?

넘치지도 모자라지도 않게
살아냈냐고 살고 있냐고
지금 묻고 계시는 거예요?

아름답게 섞여 흘러가야 할 자리에서
핏대 올리며 내 말만 내 말이라고 안 했었나?
정작 목소리 짱짱했어야 할 대목에선
나 편하자고 비굴하게
팔장이나 끼고 있지 않았었나?
빨갛게 밑줄 쳐진 곳 투성인데
수정이 안 되네요

후반부 인생 드라마
빡빡하지도 느슨하지도 않았으면 좋겠다고
소복 입은 수염 긴 어른 한 분
소금물 부어놓은
김치 다라이 안에 누워
일어날 줄 모르신다

모르겠어요
생은 아직도 안개 속이고
희부윰한 연기 같아

이 생 마감하기 전에
그대 입맛에 착착 감기는
김치, 김치들
세상이라는 큰 상에 올려놓을 수 있을까요? 나

풀

몸으로 말하는 풀들이 난 좋다
거센 비바람에 주저앉을 듯 비틀대다가도
햇살 비치면
꼿꼿하게 일어나
나 살아 있어요
눈 맞추는

슬픔이 극에 달했을 때
불쑥 꽃 내밀고 먼 산을 바라보거나
기쁨이 너무 커 말할 수 없을 땐
연두 잎새 말아쥐고 머뭇대는

세 치 혀 대신
모든 걸 걸고 말하는 풀들이 난 좋다

세상 바람 휑휑해
숨이 턱까지 차올라도 괜찮은 척
살짝 건드리기만 해도 쓰러질 듯 아프면서 아무도 안 아픈 척
견디는 것도
이젠 질릴 때가 되지 않았냐고

풀들이 말하는 것 같다

풀처럼 산다는 건 아무나 할 수 있는 일이 아니겠지만
흉내라도 낼 수는 있지 않겠냐고
어린 풀들을 손으로 쓸어 볼 적이면
온몸으로 배어드는 풀물이
오래 가슴 저리게 하는 것이다

친구는 그런 거라고

또래보다 말이 늦어
할아버지 할머니라는 말 대신 하찌 하이...
라는 말 달고 다니는 아이
혹시
긴 말은 지겨워
모두 다 쓰는 말은 재미없어요
하는 게 아니겠냐고
식구마다
우아한 상상에 달뜨게 하는 것인데

어느 날
어린이집 함께 들어가자 떼쓰는 거 떼어놓느라
할아버지는 무릎 아파 병원 가야 한다고
왼쪽 무릎 탁탁 치며 헤어진 일 있다
그 뒤로
친구들에게
할아버지 말할 일 있으면
나 말 못해
하찌 한 번 쳐다보고는 왼쪽 무릎을 탁탁 친다

어린이집 친구들도
멀리서 기선 할아버지 나타나면
손가락으로 가리켜 보이며
말 잘하는 애들까지
왼쪽 무릎을 탁탁 친다

그가 아프면 함께
함께 아파하는 거라고
그가 뒤뚱거리면
같이 뒤뚱거리는 거라고
말 잘해도
함께 말 못하는 척
친구는 그런 거라고

클로징 멘트

오늘 하루 노래처럼 사세요
아침 뉴스 보다가
파릇파릇한 아나운서 클로징 멘트에 걸려 넘어졌다

물먹은 솜처럼 젖어있지 말라고
나부끼라고
화내지 말라고
말랑말랑 보드랍게 살라고
냇물 흐르는 소리로
종달새 말하는 소리로
나뭇잎에 떨어지는 빗방울 소리로
아침햇살 웃음소리로
노래하듯 살라고
당신 노래 흘러가
세상이 환해졌으면 좋겠다고
분명 세상은 어제보다 내일 한 뼘쯤 나아질 거라고…
말하는 것 같아

종일
가슴이 뛰는 것이었다

한기옥 _ 2003년 《문학세계》 등단. 시집으로 〈안개 소나타〉 〈세상 사람 다 부르는 아무개 말고〉 〈안골〉이 있음.
강원작가상, 원주문학상 수상.원주문협 강원문협 표현시 수향시 회원.

구미호 체조 외 3편

허 림

산, 석자리 꿀을 따 이고 내려오다가 아내가 나무 글커리에 걸려 구렁창에 쑤셔박혔다

지게에 벌통을 지고 뒤따라 내려오다 깜짝 놀라 훽 벗어 던지고 쳐박힌 아내 일으켜세우며

구미호 체조 볼만하네
티겁지 털어주었더니

밤새 뒤척이며
울다 웃다
잠도 안재우더라

북쪽이라는 곳

북으로 가는 길은
불현듯 헛헛해지는 것이다
친구 할아버지가 살았다는 오성산 자락이 보일라치면
더 막막하고 먹먹해 지는 것이다
눈속에서 사라진 적 없는 집앞 대추나무며
지금쯤 한창 떨어지는 살구
잘익은 살구일수록 반으로 쪽 갈라져
속살 노란 마음을 보여주는 것인데
북쪽을 바라보면
갑자기 입안에 침이 고였다가 괴괴히 흐러나오기도 하고
눈알이 붉어지기도 하는 것이다
북쪽은 그런 곳인가
오랜만에 암정교를 건너고
눈발이 희끗거리는 십일월 애기봉 성탄탑에 불을 밝히면
그 옛날 문간에 걸어놓았던 등불이 호롱거렸는데
엄마의 기도처럼 간절한 침묵이
자꾸만 북쪽으로 흘러가는 것이다
크면 알게 된다는
친구의 할아버지의 말씀이
북풍처럼 몰아치는 김화 잔도길을 걸으며

나는 또 북쪽으로 불어가는 여름의 시간들을 보며
지금쯤 집앞 텃밭에도 감자꽃이 피었겠구나
지금쯤 외꽃이 피었겠구나
중얼거리기도 했더랬는데
북쪽은 어디서든지
아 거기 가고 싶다고
살아서 가고 싶다고
간절한 속삭임으로 숙연해 지는 것이다

살다보니 보이는 게 있네

중매쟁이가 다녀가고
석달도 안돼서 시집갔단다
시집 가믄 다 안다 걱정하덜마라
설레일새도 없이
입하나 덜겠다고 후딱 뛰쳐나와 보니
먹어본 게 있니
사는 걸 본 게 있니
지지리궁상만이 시간살이였는데
뒤따라온 황구를 보고
사는 걸 배웠다더라
지 새끼 남주는 거 보고도
멀뚱멀뚱 바라보던 황구
마루 밑 그 눈빛을 보고 만 것인데
살아보라던 말
다 알거라던 말
피고지는 꽃의 날들 수만번 보내고서도 모르겠더니
문득 푸른 말림을 보니
내 머리 둘 곳이 보이더라
보이는 곳이 어딘지 알겠더라

하늘을 보다

한때는 누룽지 잘 굶어주는 여자랑 살고 싶었다

한때는 청국장 잘 끓여 주는 여자면 그만이라고 생각했었다

한때는 무찜을 할 줄 아는 여자를 만나고 싶었다

한때는 화로불에 새치를 노릇노릇 구워주는 여자랑
바닷가 민박집에 앉아 수평선 위로 사라지는 별을 바라보며 잠들고 싶기도 했다

한때는 다 지나가고
마음에 두었던 여자도 어디 사는지도 모르고

내 얘기 들어줄 여자도
여자의 잔소리도 들리지 않는

한때가 있었다는 기억만 하늘에 고여 있다

허 림 _ 홍천에서 태어나 강원일보 신춘문예에 시가 당선되어 지금까지 글을 써오고 있다. 시집으로 〈거기 내면〉 〈누구도 모르는 저쪽〉 〈골말 산지당골 대장간에서 제누리먹다〉 외 여러 권과 산문집으로 〈보내지 않았는데 벌써 갔네〉가 있음.

신작시

황미라

야상곡 · 3 —기타, 여섯 줄 이야기 외 3편

누가 다듬었을까

매끄러운 곡선, 하늘 서편에 초승달 떴다

실타래 같은 바람 감아놓고

달의 숨은 살을 스치며 손톱 끝으로

바람을 퉁기는 저녁

숲이 흔들린다 강물이 출렁거린다

하나, 둘, 별이 돋는다

안단테, 안단테,

남아 있음에
— 기타, 여섯 줄 이야기

소르의 곡에서 3번 손가락이
계속 줄에 남아 있어야 하는 부분이 있다
그래야 음표를 따라가기 쉽고 소리도 매끄럽게 이어진다

네 손가락 누르고 있다가 동시에 세 손가락 떼어내는 게 쉽지 않은데
강사님 왈,
— 줄에서 떼는 손가락은 잊으세요 그냥 남아야 할 손가락만 생각하세요

홀로 남는다는 게 어렵다는 거 손가락도 아는지 자꾸 엉키는데
남아 있는 자의 세상인들 좋기만 한 건 아니어서
울림은 깊고

제 소리를 내며 조화를 이룬다는 건
어디론가 욕심 없이 물러나 준 마음 때문
열외의 손가락들 구름처럼 떠 있는 허공으로 마음이 옮겨가는지
나는 자꾸 지적을 받는다

새우는 지금

— 기타, 여섯 줄 이야기

한때는 아기였고
한때는 수염이 막 나기 시작했을 터,

꿈꾸던 바다 어디쯤에서
신의 그물코에 갇혀
우리 동네 마트까지 실려 온

새우는
로댕의 생각하는 사람처럼 굽은 등을 하고
바닥까지 잠수한다

다시 바닷길에 들 수 있을까
수염을 길게 뺀 채
수족관에서 먼 먼 달빛을 좇는다

아니,
살아서만 할 수 있는

슬픔 촘촘한 다리로

최후까지 이승을 밟고

새우는 간신히 숨표를 찍으며
생을 연주하고 있다

소음
— 기타, 여섯 줄 이야기

소음이 중요한 곡이 있다
부분 부분에서 소음을 해야
그 곡의 맛을 살릴 수가 있는 것이다
길게 깔리는 저음을 강제로 죽이고
이어져 나오는 음을 선명하게 살리는 거

머리띠도 안 두르고
피켓도 안 들고
확성기도 없이
낮은 곳에서 그저 한스러운
김 씨네 이 씨네 흐느낌을 누르고
룰루랄라 누가 살아갈까
기타를 치는 손가락 오래 아프다

황미라 _ 1989년 《심상》 신인상 당선. 시집으로 〈두꺼비집〉 〈털모자가 있는 여름〉 〈꽃 진 자리, 밥은 익어가고〉 등이 있음.